Nazanin Ansari Tari

Ich schreibe an Dich

Nazanin Ansari Tari

Ich schreibe an Dich

Fromm Verlag

Imprint
Any brand names and product names mentioned in this book are subject to trademark, brand or patent protection and are trademarks or registered trademarks of their respective holders. The use of brand names, product names, common names, trade names, product descriptions etc. even without a particular marking in this work is in no way to be construed to mean that such names may be regarded as unrestricted in respect of trademark and brand protection legislation and could thus be used by anyone.

Cover image: Vom Autor bereitgestellt

Publisher:
Fromm Verlag
is a trademark of
International Book Market Service Ltd., member of OmniScriptum Publishing Group
17 Meldrum Street, Beau Bassin 71504, Mauritius

Printed at: see last page
ISBN: 978-620-2-44146-9

Ich schreibe an

Dich.

Ich schreibe an Dich.

Autor: Nazanin Ansari Tari

Cover: Behrad Hanifeh

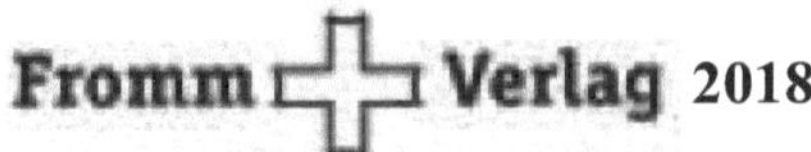

2018

Widmung

Ich widme dieses Buch meinen geliebten Eltern Reza und Simin, die es mir ermöglicht haben einen wundervollen und liebenden Gott kennenzulernen. Sie selbst haben mich erfahren lassen wie eine bedingungslos liebevolle Eltern-Kind Beziehung zu führen ist und dafür bin ich ihnen unendlich dankbar.

INHALTSVERZEICHNIS

Vorwort

Wenn wir seine unendliche Liebe und Gnade verstehen und die tiefe Erkenntnis über die Wahrheit erlangen, dass wir in seiner Gegenwart akzeptiert sind, dann können wir die Person sein, die wir wahrlich sind. Christus ist für unsere Sünden gestorben und uns wurde vergeben, sodass wir uns auf seine göttliche Gnade stützen können und ohne etwas äußerlich darstellen zu müssen, Gott gegenüber treten können.

Zwischen den Blättern der Bibel sehen wir das Leben von Gottes Männern und Frauen, die in jeder Situation in Gottes Gegenwart traten und ihre Herzen vor ihm trugen. Die Psalmen sind eine Sammlung von Gebeten und Lobliedern, deren Verfasser viele ihrer verschiedensten Gefühle in Gottes Gegenwart aussprachen.

In den Psalmen sind nicht nur Gefühle der Verehrung, sondern auch Wut, Hoffnungslosigkeit, Depression, Leid und Groll gegenüber Gott zu erkennen. Diese Personen fühlten sich Gott sehr nahe und verbunden und sie öffneten Gott ihre Herzen. Hiob äußerte Gott das, was er im Herzen trug. Dies bedeutet nicht, dass alles, was er sagte richtig war, aber in diesem Moment erzählte er Gott seine Emotionen und Gedanken und wir können nachlesen wie Gott diese Gedanken und Emotionen korrigierte.

Weiters wissen wir, dass Jeremia in besonderen Situationen sehr stark aufgebracht war und ihm viel über die Lippen ging. Dennoch erlaubte der Geist Gottes, dass die Äußerungen festgehalten werden und ein Teil der Bibel werden, die wir heute lesen.

Dadurch erkennen wir welchen Grad der Nähe Gottes Männer und Frauen zu Gott erreicht hatten, sodass sie ihm alles sagten. Sie waren wahrlich zu der Erkenntnis erlangt, dass Gott über alles Bescheid weiß und eine enge Verbundenheit mit Gott die Äußerung aller Gedanken und Empfindungen in seiner Gegenwart bedeutet.

Das Buch, das Sie in den Händen halten, beinhaltet die persönliche Erfahrungen der Autorin von der Präsenz Gottes. Sie lädt Sie dazu ein Ihre Herzensgeheimnisse Gott mitzuteilen und sich vor einer ehrlichen Unterhaltung mit einem Vater, der seine Liebe durch seinen Sohn Jesus Christus offenbart hat, nicht zu fürchten.

Javad Hanifeh

Einleitung

Ich kann mich erinnern wie ich das erste Mal in einem Gottesdienst von einer Dame hörte, dass sie sich schämte mit Gott über ihre Gedanken zu sprechen. Sie erzählte wie schwierig es war ihre Sünden laut auszusprechen. Wie sollte sie Buße tun und sich zu ihren Sünden bekennen, wenn sie sich nicht einmal traute irgendetwas anzusprechen und sich in Gottes Gegenwart nicht geborgen und wohl fühlte?

Damals fragte ich mich, ob dies nicht die Ehrfurcht vor Gott sei und ob es nicht respektlos wäre Vieles direkt beim Namen zu nennen. Aber mit der Zeit erkannte ich, dass durch das Schweigen ein großer Teil der Konversation zwischen Gott und Mensch verlorengeht.

Es kostet uns vielleicht viel Kraft und eine große Überwindung unsere Gefühle in Worte zu fassen, doch es ist ein großer Schritt, der uns hilft nicht nur Gott gegenüber ehrlich zu sein, sondern vor allem auch uns selbst gegenüber. Es ist sehr hilfreich den Mut aufzubringen und uns selbst ins Gesicht zu blicken, denn es trägt zu unserem geistigen Wachstum bei. Wir sehen uns selbst so wie wir wirklich sind. Wir versuchen nicht unsere Fehltritte zu rechtfertigen.

Andererseits geht es auch um unsere Emotionen Gott gegenüber. Oft sind wir unzufrieden, weil wir Gottes Plan nicht verstehen oder nicht das empfangen wofür wir gebetet hatten, jedoch sprechen wir mit Gott nicht darüber. Wir äußern nicht, dass wir enttäuscht oder sogar wütend sind, da unsere Wünsche nicht in Erfüllung gegangen sind. Wir denken, dass so ein Verhalten Undankbarkeit wäre und wir eine Sünde begehen würden oder wir Gottes Weisheit in Frage stellen würden.

Dieses Buch soll allen Kindern Gottes und allen Lesern den Mut verleihen den himmlischen Vater als einen verständnisvollen Gott zu betrachten, der uns nicht bestraft, wenn wir etwas nicht verstehen und deswegen verwirrt und aufgebracht sind und viele Fragen stellen.
Ebenfalls soll es jenen helfen, die sich schämen ihre Taten laut auszusprechen. Wir sollten uns selbst akzeptieren, denn Gott hat das schon längst getan. Er ist allwissend und weiß alles bevor wir es erwähnen. Unsere Gespräche mit Gott tragen dazu bei, dass wir uns selbst unsere Fehler eingestehen und durch die ehrliche Akzeptanz unserer Schwächen den ersten Schritt tun an unserer Persönlichkeit zu arbeiten.
Ebenfalls darf ich noch anmerken, dass ich schon einige Bücher gelesen habe, die aus der Sicht Gottes verfasst wurden und zwar dadurch, dass Verheißungen aus der Bibel zitiert wurden. Diese waren und sind noch ein Segen während der stillen Zeit mit Gott.
Dennoch war es für mich sehr beruhigend alle Herzensangelegenheiten aufzuschreiben und mich auszusprechen. Das Verfassen von Briefen verlieh mir ein Gefühl von Vertrauen, Sicherheit und Geborgenheit und sowie ich einst ermutigt wurde, hoffe ich, dass das Buch

„Ich schreibe an Dich“ für die Leser eine Ermutigung und Aufforderung ist Briefe an Gott zu schreiben, mit dem Glauben daran und in Vertrauen darauf, dass der lebendige Gott jeden einzelnen Brief liest.

Nazanin Ansari Tari

1. Brief

Lieber Gott,

in deinem Wort lese ich, dass Du deinen Verheißungen treu bist und niemals vergisst, was Du deinem Volk, deinen Kindern, der Menschheit versprochen hast. Sind wir untreu, so bist Du der Vater, der seine Kinder nicht einfach loslässt. Du behütest uns und bist für uns da. Du stehst mit offenen Armen bereit um uns mit Liebe zu empfangen. Du entziehst uns niemals deine Liebe, sondern umgibst uns mit deiner Barmherzigkeit und Güte.

Oft ließ ich mich von dieser Welt ablenken und dennoch warst Du immer an meiner Seite. Ich bin froh, dass Du meine Festung bist. Du bist der liebevolle Vater, der sein Kind an der Hand nimmt und leitet.

Ich möchte für die Ewigkeit in deinem Hause bleiben und nach deinem Willen leben. Ich will rein sein und rein bleiben und mich auf Deine Heiligkeit fokussieren. Von Dir kommt meine Stärke, Weisheit, Reinheit und Ruhe. Erfülle mich mit deinem Heiligen Geist und reinige mich von allem, was nicht von Dir ist. Wasche mich mit dem Blut Christi. Ich möchte in meinem Glauben an Dich wachsen.

Du bist der Allmächtige und Allwissende und Du weißt, was gut für mich ist. Du bestimmst meinen Lebensweg, so gebe mir die Erkenntnis über Deine Pläne für mich. Mein Herz und meine Gedanken sind bei Dir. Alle meine Gebete sind nicht nur Worte, sondern sie sind der Wunsch immer wieder nach Dir zu streben.

Im Leben gibt es Höhen und Tiefen, aber ich weiß, dass auch wenn ich manchmal das Gefühl habe mich nicht fortzubewegen, Du Vater mich vorantreibst. Du formst mein Leben und meine Persönlichkeit. Wie einst Paulus meinte „Was hinter mir ist, vergesse ich, nach dem aber, was vor mir ist, Strecke ich mich aus...“.

Allein deine Gnade und deine Liebe genügen. Du siehst mich und wie ich mich bemühe. Ich will mich an meine Versprechen halten und Du Herr bist meine Hilfe und mein Hirte. Ich möchte an deinem Tisch sitzen und vom Brot essen und vom Wein trinken. Meine Fehler sind ein Weckruf um mich daran zu erinnern, dass ich nicht vollkommen bin und Deine Nähe brauche.

Ich möchte wachsam sein und nicht auf mich alleine gestellt sein. Meine Augen richten sich auf Dich! Du hast mich frei geschaffen und ich weiß, dass ich verantwortlich bin für meine Entscheidungen. Somit möchte ich mit meinem Leben, das ich führe Dich ehren, loben und preisen. Ich möchte Dir nachfolgen, mein Gott, meine Zuflucht, mein Fels und meine Hoffnung.

Dein Kind

Und wir haben erkannt und geglaubt die Liebe, die Gott zu uns hat: Gott ist Liebe; und wer in der Liebe bleibt, der bleibt in Gott und Gott in ihm.

1 Johannes 4:16

Vater, ich will, dass, wo ich bin, auch die bei mir seien, die du mir gegeben hast, damit sie meine Herrlichkeit sehen, die du mir gegeben hast; denn du hast mich geliebt, ehe die Welt gegründet war.

Johannes 17:24

2. Brief

Lieber Vater,

ich bin gesegnet. Wenn ich mein Leben betrachte, erkenne ich, dass ich mit Dir alle meine Erfolge, Siege und Freunde erhalten habe. Allein aufgrund deiner Liebe, deiner Gnade und deiner Güte sorgst Du für mich. Ich bin dankbar für meine Familie, die Du jeden Tag reich beschenkst. Mit Dir und deiner Führung, mit deinem Heiligen Geist können meine Familie und ich ein Segen für unsere Mitmenschen sein.

Segne und behüte sie und beschere ihnen ein langes Leben, Vater. Segne sie mit deiner Weisheit. Du kennst ihre Sorgen. Dein Sohn Jesus Christus soll ihnen ein Freund und Beschützer, ein Ratgeber und Begleiter sein. Wir vertrauen auf Dich, Gott.

Dein Heiliger Geist soll über die Gemeinde und die Familie ausgegossen werden. Die Wüste soll in eine wunderschöne Blumenwiese verwandelt werden, in eine fruchtbare Oase. Ruhe, Frieden und Freundschaft soll blühen. Du mein Gott, kannst den schwarzen Schleier des Stolzes, des Neides und des Vorurteils und alles Negative von unseren Herzen nehmen, sodass wir das Gute in uns und in anderen sehen.
Du erweckst uns zum Leben. Du hast Pläne für unsere begrenzte Zeit. Du bist der Wächter, der uns aufmerksam macht und darauf Acht gibt, dass wir nicht von Deinem Weg abkommen.

Danke für neue Herausforderungen. Danke für all' die neuen Lebensabschnitte. Herr, Du bist der Schöpfer und kennst deine Schöpfung. Lasse uns ein Licht für unsere Verwandten in unserer Heimat und Salz für die Welt sein. Danke für alles, was von Dir ist. Ich kann Dir nicht genug danken. Dein Segen ist mit nichts zu vergleichen und Deine Gaben sind unzählbar. Deine Gnade und Liebe ist unendlich.

Dein Kind

Alles, was Odem hat, lobe den Herrn! Halleluja!
Psalm 150:6

Und jedes Geschöpf, das im Himmel ist und auf Erden und unter der Erde und auf dem Meer und alles, was darin ist, hörte ich sagen: Dem, der auf dem Thron sitzt, und dem Lamm sei Lob und Ehre und Preis und Gewalt von Ewigkeit zu Ewigkeit!
Offenbarung 5:13

Dass der Gott unseres Herrn Jesus Christus, der Vater der Herrlichkeit, euch gebe den Geist der Weisheit und der Offenbarung, ihn zu erkennen.
Epheser 1:17

3. Brief

Lieber Gott,

ich habe in deiner Gegenwart für alle meine Sünden um Vergebung gebeten. Dennoch fällt mir auf, dass ich immer wieder in alte Verhaltensmuster zurückfalle. Es ist mir sehr wichtig als freier Mensch zufrieden und friedlich den Alltag zu bewältigen. Ich schreibe Dir. Ich möchte nicht mehr, dass sich alles in meinem Herzen aufstaut, sondern mein Inneres jeden Tag aufs Neue reinigen.

Mein Ziel ist es mich auf Dich und das Leben mit Dir zu konzentrieren. Dein Wort zu leben und dadurch zu wachsen. Meine Zeit liegt in deiner Hand und soll in deinem Sinne genutzt werden.
Alle meine Ziele, Wünsche und Anliegen bringe ich vor Dir. Dein Wille geschehe!

Ich bitte um die Weisheit des Heiligen Geistes, die Liebe unseres Herrn Jesus Christus und den Schutz der mächtigen Hand des Vaters.

In Liebe, dein Kind

Und dann mein Volk, über das mein Name genannt ist, sich demütigt, dass sie beten und mein Angesicht suchen und sich von ihren bösen Wegen bekehren, so will ich vom Himmel her hören und ihre Sünde vergeben und ihr Land heilen.

2. Chronik 7:14

4. Brief

Lieber Gott,

heute habe ich in deinem Wort gelesen. Auch Jeremia stellte sich dieselbe Frage; wieso sind Gottlose erfolgreich und leben ein Leben in Wohlstand? Es heißt doch „Wenn Gott für uns ist, wer ist gegen uns?!".
Ist es wirklich von Dir bestimmt, dass wir auf einem beschwerlichen Pfad wandern oder liegt es an unseren Schwächen und Fehlentscheidungen?

Eines weiß ich: So lange ich auf der Welt bin, werde ich niemals vollkommen sein. Aber jeden Tag aufs Neue will ich mich bemühen. Ich will dein Kind sein, das immer auf deine Hilfe hofft und demütig ist, denn Du kannst mich aufrichten. Ich brauche deine Führung. Ich brauche Dich, weil ich Dich liebe.

Dein Kind

Der Herr ist mein Licht und mein Heil; vor wem sollte ich mich fürchten? Der Herr ist meines Lebens Kraft; vor wem sollte mir grauen?

Psalm 27:1

5. Brief

Lieber Vater,

ich werde auf eine harte Probe gestellt. Ich will stark sein und entschlossen. Ich will mein Ziel nicht aus den Augen verlieren. Mein Ziel ist es eine Persönlichkeit in deinem Sinne zu entwickeln; inneren Frieden und meine eigene Balance zu finden.

Ich will nicht ein Vorbild für andere sein, sondern mit Dir im Reinen sein um zu deiner Ehre zu leben, auf deinem Weg zu wandern und das zu tun, was du bestimmst.
Beschütze Du mich, lasse Dein Angesicht leuchten über mich! Gib‘ mir Weisheit.

Forme mich zu einem demütigen Menschen, der sich vollkommen Dir hingibt. Dein Wille soll geschehen; dein guter Wille auf den ich vertraue; deine Liebe soll mich durchdringen, du beschämst mich nicht, sondern richtest mich und meine Familie auf. Du lässt mich nicht fallen, sondern segnest mich und bewahrst mich vor dem Bösen.

Vater, Du liebst dein Kind!

Der Herr segne dich und behüte dich; der Herr lasse sein Angesicht leuchten über dir und sei dir gnädig; der Herr hebe sein Angesicht über dich und gebe dir Frieden.

4. Mose 6:24-26

6. Brief

Lieber Gott,

ich denke immer wieder über die Vergangenheit nach. Was habe ich falsch gemacht, was kann ich daraus lernen? Allerdings möchte ich auch nicht in der Vergangenheit leben, aber ich weiß, dass sie ein Teil von mir ist, sie gehört zu mir, sie machte mich zu der Person, die ich heute bin.

Ich will nach vorne schauen. Sollte ich aber heute meiner Vergangenheit ins Gesicht blicken müssen, dann will ich ihr mit Souveränität begegnen, mit der Gewissheit, dass Du bei mir bist und ich nicht mehr mit Selbstzweifeln kämpfen muss.

Ich will nur mehr an die Zukunft denken; daran, dass ich eine gefestigte Persönlichkeit in Jesus Christus habe und die Ziele im Auge habe, die zu deinem Wohlgefallen sind.

Ich weiß natürlich nicht, was die Zukunft bringen wird, aber ich weiß, dass Du der ewig Selbe bist, das einzig Beständige. Mit Dir bin ich zuversichtlich, auch wenn ich vor Herausforderungen stehen und an meine eigenen Grenzen stoßen werde. Denn mit Dir kann ich über mich hinauswachsen! Du wirst meine Hand nie loslassen; in Dir ist meine Hoffnung.

Dein Kind

Verlass dich auf den Herrn von ganzem Herzen, und verlass dich nicht auf deinen Verstand, sondern gedenke an ihn in allen deinen Wegen, so wird er dich recht führen.

Sprüche 3:5-6

7. Brief

Lieber Gott,

Ich bin dankbar für Dein Wort, es ist ermutigend, weise, friedvoll, verheißungsvoll, erfahrungsreich, poetisch, spannend, warnend, abenteuerreich, schön und vergebungsvoll. Dein Wort ist so unbeschreiblich und noch viel mehr.
Oft habe ich das Gefühl orientierungslos zu sein; ich weiß nicht, wo ich stehe oder was Dein Wort für mich zu bedeuten hat; sprichst Du mich durch Dein Wort direkt an, wie soll ich Dein Wort verstehen? Manchmal spricht Dein Wort genau das an, was mein Leben bewegt und manchmal frage ich mich, ob die Verheißungen in der Bibel auch für mich gelten?
Aber ich vertraue auf Dich, auf deine Güte und Weisheit. Du wirst Dich mir offenbaren und ich werde verstehen, dass Du immer mein geliebter Vater warst, bist und für immer sein wirst.

Dein Kind

Denn alle Schrift, von Gott eingegeben, ist nütze zur Lehre, zur Zurechtweisung, zur Besserung, zur Erziehung in der Gerechtigkeit, dass der Mensch Gottes vollkommen sei, zu allem guten Werk geschickt.

2. Timotheus 3:16-17

8. Brief

Lieber Gott,

es ist nun wieder ein neuer Tag, ein neuer Beginn, doch Vieles hält mich zurück! Die Sünden, die ich jeden Tag begehe, nehmen mir die Freude an der Sonne. Ich bin beschämt und von mir selbst enttäuscht. Wie kann ich in deiner Gegenwart treten? Wie kann ich einfach um Verzeihung bitten und mich an Deinem Tisch setzen? Oft wünsche ich mir die Zeit zurückdrehen und meine Taten ungeschehen machen zu können. Ich erkenne meine Schwächen und meine Fehler.

Ich weiß, dass ich selbst verantwortlich bin und ich wünschte ich wäre stärker um mein Leben besser zu schützen. Ich wünschte, ich hätte die nötige Ausdauer um den Lebensweg in Reinheit zu beschreiten. Mache ich einen Schritt nach vorne, dann folgen darauf zwei Schritte nach hinten. Manchmal scheint es mir als hätte ich neue und für mich selbst fremde Charakterzüge.
Mein Stolz wurde mir zum Verhängnis. Ich hatte mich bei jedem Vorwärtsschritt verließ ich mich auf mich selbst. Ich dachte, ich hätte durch meine eigene Kraft, meine eigene Leistung, meinen Verstand und meine Disziplin mein Leben in den Griff.

Ich vergaß auf Dich. Vergebe mir. Hilf mir. Zieh mich durch Deine starke Hand heraus aus dem Sumpf der Sünde. Überlasse mich nicht mir selbst und sei mir gnädig. Richte mich auf, Herr. Ich will mich nicht auf mich selbst verlassen.

Ich brauche Dich und Deine Heilung. Ich will mit Dir das Leben meistern und in deiner Gegenwart leben, in Sicherheit und in Frieden. Ich will das Richtige tun. Du bist der weise Gott, in dessen Hand ich mein Leben lege. Vergebe mir und nehme mich auf.

Denn ich bin der HERR, dein Gott, der deine rechte Hand fasst und zu dir spricht: Fürchte dich nicht, ich helfe dir!
Jesaja 41:13

Und stellt euch nicht dieser Welt gleich, sondern ändert euch durch Erneuerung eures Sinnes, auf dass ihr prüfen könnt, was Gottes Wille ist, nämlich das Gute und Wohlgefällige und Vollkommene.
Römer 12:2

9. Brief

Lieber Gott,

ich bin entschlossen. Ich will mit Dir gehen und meiner Entscheidung treu bleiben, das Hier und Jetzt zu leben. Tue ich heute das Richtige, dann bereite ich alles für eine gottgefällige Zukunft vor. Schon Paulus sagte, dass wir nach Vorne schauen wollen. Ich will mich immer wieder daran erinnern, dass ich auf Dich vertrauen kann.

Ich brauche mir keine Sorgen zu machen, denn ich kann zuversichtlich sein, dass die Zukunft in deiner Hand liegt. Ich möchte den heutigen Tag so leben, wie es dir wohlgefällt und damit zufrieden sein, dass die Arbeit für heute erledigt ist. Die Sorgen für einen Tag sind genug, für morgen gibt es eigene Herausforderungen.

Herr, ich möchte mich nicht davon fürchten, was die Zukunft bringen wird. Hiermit lege ich mein Leben und das Leben meiner Familie in deiner Hand. Sooft habe ich erfahren dürfen, dass du mein Beschützer bist. Du lässt mich nicht fallen. Du hilfst mir in schwierigen Lebenssituationen.

Ich bin Dir so unendlich dankbar. Deine Liebe und Treue sind unbeschreiblich, auch wenn ich untreu war und mich in dieser Welt verloren habe. Ich bitte Dich, sei in jedem einzelnen Bereich meines Lebens präsent und wirke in mir.

Alles soll in deinem Sinne geschehen und nicht nach meinen Fehlvorstellungen.

Das Familienleben, der Dienst in der Gemeinde, meine sozialen Kontakte und meine Gesundheit, das Berufsleben, die Finanzen und alles in meinem Leben übergebe ich Dir. Ich will zu deiner Ehre leben. Ich will nach meinem Vorbild Jesus leben und die Gemeinschaft mit dem Heiligen Geist vertiefen. Danke für deine Güte.

Dein Kind.

Mein Sohn, vergiss meine Weisung nicht, und dein Herz behalte meine Gebote, denn sie werden dir langes Leben bringen und gute Jahre und Frieden.
Sprüche 3:1-2

Lass mich am Morgen hören deine Gnade; denn ich hoffe auf dich. Tu mir kund den Weg, den ich gehen soll; denn mich verlangt nach dir.
Psalm 143:8

Gnade und Treue sollen dich nicht verlassen. Hänge meine Gebote an deinen Hals und schreibe sie auf die Tafel deines Herzens, so wirst du Freundlichkeit und Klugheit erlangen, die Gott und den Menschen gefallen.
Sprüche 3:3-4

10. Brief

Lieber Gott,

ich bin dankbar; dankbar für eine Güte, deine Geduld, deinen Beistand, deine Vergebung, deine Verheißungen und Treue, deine heilige Gegenwart, deine Kreativität, deine Planung, deinen Frieden, deine Ruhe und Geschenke, eine Freundschaft, deine Stärke, deine Weisheit, deinen Schutz, eine Schöpfung, deine Arte, dein Wesen, deine Beziehung zu mir, deine Berührung, deine Macht, deine Freude, mit der Du mein Leben bereicherst, dein Verständnis, deine Siege, deine zahlreichen Kindern und die himmlische Familie, dein Interesse an mir, deine Gaben, die du mir schenkst, deine Liebe zum Detail, deine Farben und Formen, deine Strenge, deine Erziehungsmethoden, das Aufbewahren meiner Geheimnisse, mein Leben, meine Familie, meine Gesundheit, deine Gemeinde, eine Gemeinschaft mit uns, deinen Willen, das vollkommene Opfer, das ewige Leben, deine Gnade, deine Barmherzigkeit, dein Herz, deinem Sohn Jesus Christus, deinen Heiligen Geist, deine unendliche Größe, deine unaufhaltbar fließende Liebe, deine wirkende Hand, deine Art mich zu trösten, deinen Segen…

Ich bin dankbar für all‘ das und noch viel mehr. Ich erhalte von Dir mehr als ich brauche und werde mehr geliebt als ich es verdiene. Du bis wahrlich mein himmlischer Vater.

Ich liebe Dich, Vater.

Und jedes Geschöpf, das im Himmel ist und auf Erden und unter der Erde und auf dem Meer und alles, was darin ist, hörte ich sagen: Dem, der auf dem Thron sitzt, und dem Lamm sei Lob und Ehre und Preis und Gewalt von Ewigkeit zu Ewigkeit!

Offenbarung 5:13

11. Brief

Lieber Gott,

es gibt immer wieder neue Lebenssituationen, denen ich begegne und zu bewältigen habe. Mir fällt auf, dass ich neue Verhaltensmuster entwickle. Es geht um Änderungen, die ich mit deiner Hilfe erreicht habe, allerdings gibt es noch Vieles, was ich zu deinem Wohlgefallen ändern und verbessern möchte. Ich werde jeden Tag von Anfang an bewusster leben. Die Veränderungen in mir, mein Frieden und meine innere positive Einstellung wirken sich auf meine Beziehungen zu anderen Menschen aus. Ich bitte Dich um deine Weisheit mich bei Herausforderungen und mit den verschiedensten Mitmenschen korrekt zu verhalten. Ohne ständige Wachsamkeit tauchen vergangene Charakterzüge wieder in den Vordergrund. Das würde mich sehr schnell von meinem Weg abbringen Jesus Christus ähnlicher zu werden.

Ich brauche die Führung des Heiligen Geistes. Du Herr, machst mich zu einem besseren Menschen. Nicht das Leben und die Anwesenheit anderer Personen, sondern Du sollst in meinem Leben wirken. Ich bete, die nötige Reife im Glauben zu erreichen um entschlossen das Ziel anzugehen, Jesus ähnlicher zu werden.

Ich bin dankbar, dass Du bei allen Entscheidungen bei mir bist und mir auch Freiraum gibst um über meinen eigenen Willen nachzudenken. Du bist der treue Begleiter und ich vertraue, dass Du mich von falschen Entscheidungen wegführst. Du bist deinen Verheißungen treu und verlässt dein Kind nicht.

Denn wir sind sein Werk, geschaffen in Christus Jesus zu guten Werken, die Gott zuvor bereitet hat, dass wir darin wandeln sollen.

Epheser 2:10

Lasst uns aber wahrhaftig sein in der Liebe und wachsen in allen Stücken zu dem hin, der das Haupt ist, Christus.

Epheser 4:15

12. Brief

Lieber Gott,

ich bin dankbar für meine Familie und die Gemeinde. Wir alle haben zwar unsere Schwächen, aber dennoch sind wir durch deine Liebe und Vergebung in unseren Herzen miteinander verbunden. Dein Geist wirkt, sodass wir aufeinander zugehen können.
Deine Heilung bewirkt Veränderungen in uns, dennoch gibst Du uns die Freiheit uns aus den eigenen Willen heraus für Dich zu entscheiden. Ich will beständig mit Dir gehen und Dir nachfolgen. Stehe mir jeden Tag bei und führe mich durch deinen Heiligen Geist. Segne mein Leben und meine Zeit. Segne meine Familie und was wir miteinander haben. Segne uns mit deiner Weisheit, die wir zu deiner Ehre in unserem Leben anwenden möchten.

Es ist nicht unser Wille auf dieser Welt nach Reichtum zu streben. Denn diese Welt und sein Vermögen sind vergänglich. Lehre uns, unsere Augen auf Dich zu richten. Nehme uns die Sorgen und die Angst vor dem nächsten Morgen. Lehre uns für Dich zu leben, sodass wir an die Ewigkeit mit Dir denken. Leite uns durch diese Welt.
Herr, Du bist mein Beschützer und mein Herr. Lehre mich andere zu beschützen und aufzurichten, wie Du. Vor allem lehre mich wie Jesus Christus zu sein; durch seine Augen zu sehen, seine Worte auszusprechen und seinen Mut zu besitzen um in dieser Welt zu leben; sein Herz zu haben und eine liebevolle Beziehung mit anderen Menschen, seine

Ruhe im Inneren zu bewahren. Lasse mich das Familienmitglied sein, das aufmerksam zuhört und die Geheimnisse anderer bewahrt und beschützt, sowie Du dies für mich tust. Zeige mir Gefährten und Geschwister auf dieser Welt, auf meinem Lebensweg, die mir Berater sind und die mich als Vertrauenspersonen begleiten. Du kennst mich und meine innersten Wünsche; diese übergebe ich Dir, mit der Bitte mir Geduld und Weisheit zu schenken um zu erkennen, ob meine Wünsche auch in deinem Sinne sind. Du hast einen Plan für mein Leben. Ich glaube an deine Liebe und liebe Dich.

Dein Kind.

Seht die Vögel unter dem Himmel an: Sie säen nicht, sie ernten nicht, sie sammeln nicht in die Scheunen; und euer himmlischer Vater ernährt sie doch. Seid ihr denn nicht viel kostbarer als sie?

Matthäus 6:26

Seid nicht geldgierig, und lasst euch genügen an dem, was da ist. Denn er hat gesagt: »Ich will dich nicht verlassen und nicht von dir weichen.«

Hebräer 13:5

Wer festen Herzens ist, dem bewahrst du Frieden; denn er verlässt sich auf dich.

Jesaja 26:3

13. Brief

Lieber Vater,

ich bin es wieder, dein Kind. Ich liebe Dich, denn Du kennst mich und weißt genau, was ich Dir schreiben möchte. Ich will Dir von meinen Schwächen schreiben; davon wie sehr ich Deine Kraft benötige, deine starke Hand, die mich beschützt.
Eine arbeitsreiche Zeit kommt auf mich zu und ich möchte gerne vorbereitet sein und mich mit der notwendigen Motivation den Herausforderungen stellen und siegreich aus dieser Prüfungsphase kommen. Nur mit Dir schaffe ich alles. Mit Dir kann ich den Alltag bewältigen.

Viele Menschen meinen, dass sie auch ohne Dich erfolgreich sein können und ihr Leben scheint auch sehr erfüllt zu sein. Aber ich weiß, dass Du die Quelle des Lebens bist. Vater, Du kannst mich aus jeder Dunkelheit und jeder schwierigen Situation, Krankheit oder Depression raushelfen und mir Mut und Hoffnung schenken.
Du bis mein Licht, mein Zufluchtsort, meine Freude. Begleite mich und sei mein treuer Berater, lasse mich für Dich leben.

Ich liebe Dich, dein Kind.

Fürchte dich nicht, ich bin mit dir; weiche nicht, denn ich bin dein Gott. Ich stärke dich, ich helfe dir auch, ich halte dich durch die rechte Hand meiner Gerechtigkeit.

Jesaja 41:10

Und er sprach: Herzlich lieb habe ich dich, Herr, meine Stärke! Herr, mein Fels, meine Burg, mein Erretter; mein Gott, mein Hort, auf den ich traue, mein Schild und Horn meines Heils und mein Schutz!

Psalm 18:2-3

14. Brief

Lieber Vater,

ich liebe Dich und ich danke Dir, dass Du mich liebst. Danke, dass ich auf Dich vertrauen kann und dass Du deinen Verheißungen treu bist! Ich lerne immer mehr loszulassen und Stück für Stück jeden Bereich in meinem Leben in deine schützende Hand zu legen.

Vater, Du kennst meine Herzensangelegenheiten und ich weiß, dass Du mich respektierst. Ich glaube daran, dass Du der Allwissende bist. Ich erfreue mich daran, dass Du einen Plan für mich hast und dass Du mich aufbaust und mich auf die Zukunft vorbereitest. Stehe mir auf diesem Weg bei, schenke mir Ausdauer, Motivation und Freude. Bei jeder Herausforderung bist Du bei mir. Ich glaube an Deine Güte und Gnade. Du bist der Vater, der das Beste für sein Kind möchte.

Dein Heiliger Geist soll meine innere Ruhe und mein Frieden sein und mir Geduld und Weisheit lehren. Ich will Deinem Sohn Jesus Christus ähnlicher werden und nach seinem Vorbild leben. Du möchtest aus mir die Beste meiner eigenen Person machen. Du bist der Töpfer, der mich formt.

Ich liebe Dich und Du liebst mich, dein Kind.

Danket dem HERRN, denn er ist freundlich, und seine Güte
währet ewiglich.
1 Chronik 16:34

Der Herr ist gütig und eine Feste zur Zeit der Not und
kennt, die auf ihn trauen.
Nahum 1:7

15. Brief

Lieber Gott,

das Vertrauen in Dich gibt mir Frieden und Stärke mein Leben weiterzuleben und vorwärts zu schreiten; der Gedanke daran, dass Du mich liebst und einen wundervollen Plan für meine Zukunft hast, gibt mir Hoffnung; die Zuversicht darüber, dass Du mir helfen wirst und mich unterstützen wirst verleiht mir Stärke und Motivation den Alltag zu bewältigen.

Ich will nicht den beschwerlichen Weg betrachten, sondern einen Schritt nach dem anderen setzen. Dir nachzufolgen und Dir alles zu überlassen, ist für mich eine Herausforderung, aber die Stimme des Heiligen Geistes ist meine Führung. Mein Herz ist mit Freude erfüllt, wenn ich auf die Stimme des Geistes höre und erkenne, dass Er Worte der Weisheit spricht und als ein unvergleichbarer Berater mich durch die Welt begleitet.

Ich erlebe, ich irre, ich zweifle, ich mache Fehler und sündige, ich verleugne, ich zerbreche und werde wieder aufgebaut, ich erfahre, ich erinnere mich, ich kehre um und finde mich in deiner Gegenwart wieder, ich lerne, ich denke, ich fühle, ich vertraue, ich liebe … ich bin ein Mensch, ich bin dein Kind und Du bist mein Gott und meine Zuflucht, Du bist der treue Bewahrer meiner tiefsten Geheimnisse und Schwächen, Wünsche und Sehnsüchte.

Du kennst mich und weißt die ganze Wahrheit über mich und Du liebst mich. Ich weiß, Du mich liebst.

Dein Kind

Wer festen Herzens ist, dem bewahrst du Frieden; denn er verlässt sich auf dich.
Jesaja 26:3

Gesegnet ist der Mann, der sich auf den Herrn verlässt und dessen Zuversicht der Herr ist. Der ist wie ein Baum, am Wasser gepflanzt, der seine Wurzeln zum Bach hinstreckt. Denn obgleich die Hitze kommt, fürchtet er sich doch nicht, sondern seine Blätter bleiben grün; und er sorgt sich nicht, wenn ein dürres Jahr kommt, sondern bringt ohne Aufhören Früchte.
Jeremia 17:7-8

16. Brief

Lieber Gott,

Du überwältigst mich mit Liebe, Zuneigung und Segen. Ich bin so dankbar, dass ich die Früchte des Glaubens und des Vertrauens erleben darf. Herr, forme meine Familie zu einer Einheit, die Jesus dient und nachfolgt.
Deine Gnade genügt! Herr, beschütze und führe mich und lasse dein Angesicht leuchten über mich, gestalte mein ganzes Dasein und halte meine Zukunft in deiner Hand. Ich lege mein Leben, alles, was ich habe vor deinem Kreuz. Vollbringe dein Werk in meinem Leben. Du allein kannst mich formen und nach dem perfekten Vorbild Jesus gestalten.

Danke, dass Du mich immer begleitet hast, beschützt hast und nicht allein gelassen hast, obwohl ich oft vom Weg abgekommen bin. Danke für Deine unglaubliche, unendliche, großzügige und bedingungslose Liebe. Ich möchte Dich mit meinem Leben, Verhalten und Dasein ehren, preisen und loben.

Ich lebe für Dich.

Der Herr segne dich und behüte dich; der Herr lasse sein Angesicht leuchten über dir und sei dir gnädig; der Herr hebe sein Angesicht über dich und gebe dir Frieden.

4 Mose 6:24-26

Wirf dein Anliegen auf den Herrn; der wird dich versorgen
und wird den Gerechten in Ewigkeit nicht wanken lassen.
Psalm 55:23

17. Brief

Lieber Gott,

es gibt immer einen Anfang und ein Ende. Es ist so wichtig, dass ich meine Zeit auf dieser Welt nicht einfach verstreichen lasse. Es gibt so Vieles woran ich denken muss, so Vieles zu erledigen, aber vor allem darf ich nicht vergessen an meine Beziehung zu Dir zu denken. Du bist das einzig Beständige in meinem Leben, meine Ruhe, mein Frieden, meine Weisheit, mein Segen, mein Weg.

Du weißt alles über mein Leben, die Vergangenheit, die Gegenwart und die Zukunft. Du kennst mich besser als ich mich selbst je kennen werde. Du allein weißt, warum ich bin wie ich bin. Du weißt, was mich geprägt hat und wie ich mich entwickelt habe, was für Erlebnisse und Erfahrungen ich gemacht habe. Du kennst meine Fehler, meine Schwächen, meine Ängste und Nöte. Aber auch ich habe schon Einiges über Dich erfahren dürfen.

Durch Dich Jesus lernte ich den himmlischen Vater kennen und ebenso durfte ich den Heiligen Geist erfahren und erleben. Im Psalm steht, „Kostet und seht, wie gütig der Herr ist". Du bist gutmütig und gnädig! Mein Leben liegt in deiner Hand, Gott! Ich vertraue Dir, zeige mir den Weg, der in deinen Augen gut und richtig ist! Gott schenke mir Mut, Weisheit und segne mich!

Du weißt, was mich im Herzen bewegt und mein Innerstes berührt. Mit Dir kann ich mich ehrlich über meine tiefsten Geheimnisse unterhalten. Ich möchte in Deinen Augen Wohlgefallen finden und Licht auf dieser Welt sein. Das Heutige kann die Zukunft formen und gestalten. Herr, Du sagtest „Darum sorgt nicht für den andern Morgen; denn der morgige Tag wird für das Seine sorgen".

Lasse mich in deiner Gegenwart leben, denn ich weiß nicht, was die Zukunft bringt, sie liegt in deiner Hand. Aber ich weiß, dass ich den heutigen Tag deinem Willen entsprechend leben möchte und Du kümmerst Dich schon um die Zukunft.

Ich mache mir keine Sorgen, denn Du bist mein Gott. Du bist mein Fels in der Brandung, mein starker Beschützer, mein Helfer in der Not.

Ich folge Dir!

Euer Herz erschrecke nicht! Glaubt an Gott und glaubt an mich!
Johannes 14:1

Sorgt euch um nichts, sondern in allen Dingen lasst eure Bitten in Gebet und Flehen mit Danksagung vor Gott kundwerden! Und der Friede Gottes, der höher ist als alle

Vernunft, wird eure Herzen und Sinne in Christus Jesus
bewahren.
Philipper 4:6-7

Denn du bist mein Fels und meine Burg,
und um deines Namens willen wollest du mich leiten und
führen.
Psalm 31:4

18. Brief

Lieber Vater,

Dein Sohn Jesus ist ein treuer Freund, obwohl ich oft untreu bin. Er soll den Kurs meines Lebensschiffes angeben. Es tut mir Leid, dass ich oft das Ruder übernehmen möchte, denn genau mein Eigensinn führt dazu, dass ich mich von Dir entferne und von dem Ziel abkomme ein Leben nach deiner Vorstellung zu führen.

Du aber bist allwissend und kennst mich vollkommen. Du weißt alle Ereignisse und Trubel um mich. Ich möchte Dir alle Bereiche meines Lebens übergeben. Meine Gesundheit und den Dienst in der Gemeinde, meine Beziehungen zu meinen Mitmenschen und meiner Familie, aber auch unsere Beziehung und meinen Glauben an Dich. Ohne Dich Vater kann ich mich alleine in dieser Welt nicht zurecht finden. Wer ist weiser als Du?
Mit Dir schreite ich vorwärts, aber ohne Dich falle ich und sündige. Ich bin verantwortlich für meine Entscheidungen. Ich bin schwach und suche deine Gegenwart. Bei Dir verstelle ich mich nicht, denn Du kennst mich wie sonst niemand anderen.
Oft habe ich mir selbst das Leben schwer gemacht, denn ich ließ mich von meinen Emotionen und die menschliche und weltliche Logik, die oft Deine Größe nicht fassen kann, führen. Bei Dir kann ich mich als Dein Kind vollkommen ehrlich zu meinen Fehlern bekennen. Ich sehne mich nach

einem Neubeginn in Reinheit. Ich brauche Deinen Heiligen Geist, der mir die göttliche Weisheit schenkt.

Jesus danke für das Kreuz. Du bist mein Tröster, mit Dir teile ich Freude und Leid. Oft habe ich mich von Dir wegbewegt und Dich verletzt. Dennoch hast Du, mein Gott mich nicht verlassen und mir durch schwere Zeiten geholfen und alles letztendlich zum Guten gewendet.
Vater, halte deine schützende Hand über mir. Jahr für Jahr segnest Du mich immer wieder unerwartet. Du segnest meine Familie und Gemeinde. Ich bin dankbar. Danke für Deinen Plan und für alles, was Du in meinem Leben bewirkt hast.

Ich liebe Dich.

Denn du, Herr, bist gut und gnädig,
von großer Güte allen, die dich anrufen.
Psalm 86:5

Wenn wir aber unsre Sünden bekennen, so ist er treu und gerecht, dass er uns die Sünden vergibt und reinigt uns von aller Ungerechtigkeit.
1 Johannes 1:9

Denn wer mit dem Herzen glaubt, wird gerecht; und wer mit dem Munde bekennt, wird selig.
Römer 10:10

19. Brief

Lieber Gott,

danke für alle Erfahrungen, die ich bis jetzt sammeln durfte, danke für alles, was Du mir beigebracht hast. Danke für das Vorbild Jesus.

Herr, gebe mir die Weisheit meine neuen Erkenntnisse zu bewahren und in meinem Leben anzuwenden und meine Motivation, mein Durchhaltevermögen und das Gute zu fördern. Ich möchte mit Bedacht meinen Weg beschreiten. Vater, ich bitte Dich weiterhin mein Leben und meine Familie, meine Freunde und Bekannten und meine Gemeinde zu behüten.

Heiliger Geist, ich bitte Dich um deine Führung, helfe mir auf Deine Stimme zu hören und aufmerksam zu sein, wenn Du sprichst. Ich bitte um Frieden, innere Balance, Gesundheit, Freude, Liebe, Treue, Erfolg und Segen in meinem Leben und im Leben meiner geliebten Mitmenschen. Ich bringe alles vor Dir und trete in deine Gegenwart, damit Du mich stärkst und ermutigst.

Du bist der Herr, der Mächtige, der Heilige, der Allwissende, der Schöpfer, der Anfang und das Ende, Du bist das Leben und der wahre Segen.

Für immer Dein.

Die Frucht aber des Geistes ist Liebe, Freude, Friede, Geduld, Freundlichkeit, Güte, Treue, Sanftmut, Keuschheit; gegen all dies steht kein Gesetz.

Galater 5:22-23

Dies ist's, was ich dir heute gebiete: dass du den HERRN, deinen Gott, liebst und wandelst in seinen Wegen und seine Gebote, Gesetze und Rechte hältst, so wirst du leben und dich mehren, und der HERR, dein Gott, wird dich segnen in dem Lande, in das du ziehst, es einzunehmen.

5 Mose 30:16

Der HERR wird seinem Volk Kraft geben; der HERR wird sein Volk segnen mit Frieden.

Psalm 29:11

20. Brief

Lieber Gott,

es gibt nicht genug Worte um meine Gefühle zu beschreiben, aber das ist auch nicht erforderlich, denn Du kennst mich voll und ganz.
Wie soll ich meine Dankbarkeit zum Ausdruck bringen? Deine unendliche Gnade und deine ewig anhaltende Liebe umgeben mich und berühren mich jeden Tag. Ich bin der glücklichste Mensch auf der Erde, denn du liebst mich und daran besteht kein Zweifel. Deine Güte umgibt mich und ich bin gewiss, dass Du mich begleitest, segnest und beschützt.

Mit Dir kann ich mich entfalten und du verlässt mich nicht, sondern bist mit deiner Güte an meiner Seite. Sollte ich mich von Dir entfernen, so bist Du treu und ich kann immer zu Dir zurückkehren. Ich erkenne die Leere in meinem Leben, wenn ich mich nicht in deiner Gegenwart aufhalte und ich erkenne meine vergeblichen Versuche aus eigener Kraft alles vorantreiben und wachsen zu wollen. Dabei erfahre ich vergängliche Erfolge.

Die wahre Weisheit kommt von Dir und Du bist die Quelle des Guten. Du trägst zu einer beständigen Entwicklung bei. Mit deiner Präsenz bringst Du das Beste in mir zum Vorschein und heilst innere Brüche und meine geistigen Fehlschläge.

Du bist mein Fels, mein Gott, meine Ewigkeit.

Dein Kind

Du gibst mir den Schild deines Heils, und deine Rechte stärkt mich, und deine Huld macht mich groß. Du gibst meinen Schritten weiten Raum,
dass meine Knöchel nicht wanken.
Psalm 18:36-37

Der Herr ist gütig und eine Feste zur Zeit der Not und kennt, die auf ihn trauen.
Nahum 1:7

Der Name des Herrn ist eine feste Burg; der Gerechte läuft dorthin und wird beschirmt.
Sprüche 18:10

Und in keinem andern ist das Heil, auch ist kein andrer Name unter dem Himmel den Menschen gegeben, durch den wir sollen selig werden.
Apostelgeschichte 4:12

21. Brief

Lieber Gott,

mir ist bewusst, dass ich Dich und die zweisame Zeit mit Dir sehr vermisse. Kein Gottesdienst kann meine persönliche Zeit mir Dir und unsere vertrauliche Gespräche ersetzen. Es tut mir leid, wenn ich unsere Beziehung vernachlässige. Dennoch bin ich zuversichtlich, dass Du da bist.

Alles Gute kommt von Dir. Auch wenn ich durch all‘ die Geschehnisse in der Welt abgelenkt werde, weiß ich doch, dass Du da bist. Du vernachlässigst mich nicht. Im Gegensatz, du beschützt und bewahrst mich, du segnest mich und du bist die Quelle meiner Freude.

Das alte Verhaltensmuster kehrt zurück, wenn ich meinen Bezug zu Dir verliere. Ich entschuldige mich für meine Eigensinnigkeit, meinen Stolz, meine Wut, meine Vorurteile, meine Gemeinheiten, meine Eifersucht, meine verwerflichen Gedanken.

Ich möchte mich nicht wiederholen. Ich möchte nur bewusst leben und die Wahrheit aussprechen. Ich möchte nichts leugnen, sondern akzeptieren, was in mir vorgeht und daran arbeiten. Du bist meine Ruhe, meine Balance und meine innere Stärke, mein Frieden und mein Wegweiser. Du bist der beste, treueste und liebevollste Vater.

Dein Kind

Seht, welch eine Liebe hat uns der Vater erwiesen, dass wir Gottes Kinder heißen sollen – und wir sind es auch! Darum erkennt uns die Welt nicht; denn sie hat ihn nicht erkannt.
1 Johannes 3:1

Wenn du aber betest, so geh in dein Kämmerlein und schließ die Tür zu und bete zu deinem Vater, der im Verborgenen ist; und dein Vater, der in das Verborgene sieht, wird dir's vergelten.
Matthäus 6:6

Alle gute Gabe und alle vollkommene Gabe kommt von oben herab, von dem Vater des Lichts, bei dem keine Veränderung ist noch Wechsel von Licht und Finsternis.
Jakobus 1:17

22. Brief

Lieber Gott,

Du kennst meine guten und auch schlechten Tage. Du kennst alle meine Eigenschaften. Mir ist bewusst, dass Du ein barmherziger Gott bist. Wie der Vater, der den verlorenen Sohn bei seiner Rückkehr mit seinem Mantel bedeckt hat, schützt Du mich davor beschämt zu werden. Deine Gnade und Güte lassen meine Sünden verschwinden. Zu Dir komme ich in meinen dunkelsten Momenten. Du bist mein Neuanfang. Du heilst mich und reinigst meine Gedanken und schenkst meinem Herzen Ruhe und Frieden. Mache mich zu der Person, die Du im Sinn hattest, als Du mich erschufst.

Danke für die treuen Mitmenschen, die Du gesandt hast und dafür, dass sie meine Weggefährten geworden sind. Sie helfen mir auf und erinnern mich an Dein wunderbares und hoffnungsvolles Wort. Du zeigst mir täglich Deine Liebe und Zuneigung, die ich nicht verdiene. Mit deinem Namen beginne ich jeden neuen Tag. Alles Gute kommt von Dir.

Gelobt sei Gott, der Vater unseres Herrn Jesus Christus, der Vater der Barmherzigkeit und Gott allen Trostes, der uns tröstet in aller unserer Trübsal, damit wir auch trösten können, die in allerlei Trübsal sind, mit dem Trost, mit dem wir selber getröstet werden von Gott.

2 Korinther 1:3-4

Vor allen Dingen habt untereinander beharrliche Liebe;

denn »Liebe deckt der Sünden Menge zu«.

1 Petrus 4:8

23. Brief

Lieber Gott,

du öffnest mir die Augen und ich erkenne, wie ich mich mehr dem Vorbild Jesus nähern kann. Obwohl die Entwicklung langsam vorangeht, sind Fortschritte zu erkennen. Ich lerne meine Schwächen zu akzeptieren und mit diesen umzugehen. Ich lasse nicht zu, dass meine Sorgen und meine Unsicherheiten auf mir lasten.

Ich habe noch einen langen Weg vor mir; diesen möchte ich mit der Ruhe, Stärke, Geduld und Weisheit, die Du mir gibst bewältigen. Dir verdanke ich nicht nur ein schönes Leben auf dieser Erde, sondern ebenso das wunderbare Geschenk des Ewigen Lebens mit Dir. Du segnest mich durch deinen Schutz trotz meiner Fehler. Verleihe mir die Konzentration, die ich benötige um das Wesentliche und zwar Dich nicht aus den Augen zu verlieren. Ich trete demütig vor Dir und bitte Dich mir deine göttlichen Pläne zu offenbaren.

Ich liebe Dich.

Sorgt euch um nichts, sondern in allen Dingen lasst eure Bitten in Gebet und Flehen mit Danksagung vor Gott kundwerden! Und der Friede Gottes, der höher ist als alle Vernunft, wird eure Herzen und Sinne in Christus Jesus bewahren.

Philipper 4:6-7

Denn ich weiß wohl, was ich für Gedanken über euch habe, spricht der HERR: Gedanken des Friedens und nicht des Leides, dass ich euch gebe das Ende, des ihr wartet.
Jeremia 29:11

Das habe ich euch geschrieben, damit ihr wisst, dass ihr das ewige Leben habt, euch, die ihr glaubt an den Namen des Sohnes Gottes.
1 Johannes 5:13

Wer mich findet, der findet das Leben und erlangt Wohlgefallen vom HERRN.
Sprüche 8:35

24. Brief

Lieber Gott,

vor mir liegen viele Kreuzungen und ich muss wichtige Entscheidungen treffen. Nun habe ich das Gefühl, dass ich Dich mehr denn je brauche. Du weißt, welche Angelegenheiten mich beschäftigen.

Reinige meine Gedanken und alles, was nicht von Dir ist. Führe Du mich, Heiliger Geist. Sei Du mein innerer Frieden. Allein Du, mein Gott bist mein Anker. Du bist bereit mich bei jedem Fall aufzufangen.

Du liebst mich so wie ich bin und deinetwegen akzeptiere ich mich selbst. Du lässt mich erkennen, was die Prioritäten im Leben sind und welche Ziele ich verfolgen soll. Ich möchte die Gaben, die Du mir gegeben hast auf die beste Art und Weise zu deiner Freude und Zufriedenheit verwenden. Schenke mir Willensstärke, Ausdauer und Motivation.

Danke mein Gott, danke Vater.

Fraget nach dem HERRN und nach seiner Macht,

suchet sein Angesicht allezeit!

1 Chronik 16:11

Aber die auf den HERRN harren, kriegen neue Kraft, dass sie auffahren mit Flügeln wie Adler, dass sie laufen und nicht matt werden, dass sie wandeln und nicht müde werden.

Jesaja 40:31

25. Brief

Mein Gott,

ich weiß nicht weiter. Ich weiß, dass ich nicht immer das Kind bin, das ich sein sollte, aber ich bemühe mich sehr. Du kennst meine dunkelsten Gedanken und auch alles andere, was mir durch den Kopf geht. Ich habe gesündigt.

Ich habe Negatives gesprochen und falsch gehandelt. Mein Herz ist mit Bitterkeit erfüllt. Ich bin von mir selbst enttäuscht. Ich bin unzufrieden mit mir. Ich mache immer wieder dieselben Fehler. Manchmal habe ich das Gefühl, dass es mich überhaupt nicht stört, wenn ich mich falsch benehme.

Es tut mir leid, denn ich habe auch Dich enttäuscht. Ich bin erschöpft und müde. Ich bin kraftlos und ich selbst habe mir das alles zugefügt. Ich habe mir selbst meine Hoffnung geraubt. Ich versuche immer wieder aufzustehen, mich zu bessern und das Richtige zu tun, aber ich kann nicht mehr. Du sagtest, dass Du mir nicht mehr auferlegst als ich tragen kann.

Ich weiß gar nicht wie ich Prüfungen, Herausforderungen und Lasten, die mich erwarten, ertragen soll. Ich zähle nur auf Dich. Du kannst Wunder vollbringen. Also, helfe mir.

Und die Welt vergeht mit ihrer Lust; wer aber den Willen Gottes tut, der bleibt in Ewigkeit.

1 Johannes 2:17

Selig ist, wer Anfechtung erduldet; denn nachdem er bewährt ist, wird er die Krone des Lebens empfangen, die Gott verheißen hat denen, die ihn lieb haben.
Jakobus 1:12

Bisher hat euch nur menschliche Versuchung getroffen. Aber Gott ist treu, der euch nicht versuchen lässt über eure Kraft, sondern macht, dass die Versuchung so ein Ende nimmt, dass ihr's ertragen könnt.
1 Korinther 10:13

26. Brief

Was ist Buße?

- Scham
- Schmerz
- Zerbrechen
- Kniefall
- Hilfeschrei
- Ehrlichkeit
- Geständnis
- Selbsterkenntnis
- Demut
- Reinigungsprozess
- Erweckung
- Neubeginn

Zerreißt eure Herzen und nicht eure Kleider und kehrt um zu dem Herrn, eurem Gott! Denn er ist gnädig, barmherzig, geduldig und von großer Güte, und es reut ihn bald die Strafe.

Joel 2:13

27. Brief

Ich will still sein vor Dir. Mein Gott, sprich zu mir und zeige mir den richtigen Weg. Auf Deine Stimme will ich hören. Von Dir will ich geleitet werden.Verleihe mir Weisheit. Aus Dir schöpfe ich neue Kraft. Du hast mich immer schon vor dem Bösen bewahrt. Du hast für mich alles zum Guten verwandelt und bist immer in meiner Nähe. Ich will Hand in Hand mit Dir gehen.

Ich will aufmerksam zuhören und dein Wort bewahren. Ich will mit Dir leben bis in die Ewigkeit. Umgebe mich mit deiner Gegenwart. Erwecke mich und schenke mir neuen Atem. Ich will mich in Deine Arme fallen lassen. Ich werde still vor Dir, meinem Schöpfer.

Deine Schöpfung.

Mache dich auf, werde licht; denn dein Licht kommt,
und die Herrlichkeit des Herrn geht auf über dir!
Jesaja 60:1

Er ist es, der seinen Saal in den Himmel gebaut und seinen
Palast über der Erde gegründet hat, der das Wasser im Meer
herbeirief und auf das Erdreich schüttete.
Er heißt HERR!
Amos 9:6

28. Brief

Lieber Gott,

ich bin dankbar, denn Du bist wahrhaftig der lebendige Gott. Wer auf Dich vertraut, wird nicht enttäuscht werden. Du bist stets bei uns und beobachtest das Geschehen in dieser Welt und antwortest auf unsere Fragen. Dein Heiliger Geist inspiriert uns, damit wir für Dich Lieder und Gedichte verfassen, sowie es einst David tat.
Meine Seele dürstet wahrlich nach Dir. Diejenigen, die auf Dich warten, vertrauen auf Deine Verheißungen. Alles vergeht, aber Du mein Gott und mein Schöpfer, Du das würdige Lamm, der Friedefürst und der Heilige Geist, der über die Meere schwebt, berührt uns und seid ewiglich.
Gott, wir feiern deine glorreiche Herrlichkeit und mit Dir können wir jeden Tag das Pfingsterlebnis erfahren. Die Begegnung mit Dir ist ein unbeschreiblich und unvergleichlich überwältigendes Ereignis, das die Sinne so nie erlebt haben.

Ich warte auf Dich und schreibe von Dir. Gott, du bist mein Gott, den ich suche. Es dürstet meine Seele nach dir, mein Leib verlangt nach dir aus trockenem, dürrem Land, wo kein Wasser ist.

Psalm 63:2

Alles, was Odem hat, lobe den Herrn! Halleluja!

Psalm 150:6

Lobe den Herrn, meine Seele, und was in mir ist, seinen heiligen Namen!

Psalm 103:1

Dein, HERR, ist die Majestät und Gewalt, Herrlichkeit, Sieg und Hoheit. Denn alles, was im Himmel und auf Erden ist, das ist dein. Dein, HERR, ist das Reich, und du bist erhöht zum Haupt über alles.

1 Chronik 29:11

Und jedes Geschöpf, das im Himmel ist und auf Erden und unter der Erde und auf dem Meer und alles, was darin ist, hörte ich sagen: Dem, der auf dem Thron sitzt, und dem Lamm sei Lob und Ehre und Preis und Gewalt von Ewigkeit zu Ewigkeit!

Offenbarung 5:13

29. Brief

Mein Gott,

ich verstehe, dass ich einen geistlichen Kampf führe. Es ist anstrengend und kräfteraubend. Manchmal weiß ich nicht, ob ich die Ausdauer habe den Kampf durchzustehen.

Ist es meine Charakterschwäche, dass ich Eifersucht und Groll gegen Personen hege, die erfolgreich sind obwohl sie nicht an Deinen Namen glauben? Ich kann doch nicht über andere Menschen urteilen und ihnen Ungerechtigkeit unterstellen. Oft habe ich das Gefühl, dass meine Bemühungen keine Früchte tragen.Wieso erleben deine Kinder so viel Leid und Enttäuschung?

Aber Herr, wer bin ich deine Pläne und Weisheit in Frage zu stellen? Ich fühle eine innere Spaltung und viele Rätsel beschäftigen mich. Trotz meiner Emotionen will ich mich über die Zufriedenheit meiner Mitmenschen freuen, doch andererseits bedrückt mich, wenn deine Kinder schwierige Zeiten durchleben. Viele Gedanken und meine eigenen Erklärungen für die Geschehnisse in der Welt lassen mich nicht los! Ich kann nicht alles wissen und ich muss es auch nicht. Herr, stärke meinen Glauben, denn mein begrenztes Wissen soll keinen Zweifel in mir entstehen lassen.

Es ist so befreiend mir alles von der Seele zu schreiben. In meinen Kämpfen gegen meine eigenen Gedanken beruhigt mich die Tatsache, dass Du meine Briefe liest.

Viele von uns Menschen wandern durch das Leben, konzentriert auf die eigene Ziele und wir denken an nichts anderes und sehen nicht was um uns geschieht. Ich möchte lernen die Welt durch deine Augen zu sehen und dein Herz in mir tragen.

Herr, Du vergisst deine Kinder nicht. Du bist das Beste, das wir Menschen erfahren dürfen. Ich erlebe eine Zeit des Wachstums. Ich weiß mit vollkommener Sicherheit, dass ich meine Lasten Dir übergeben kann. Du hast mich bis jetzt immer bewahrt.

Ich brauche mir keine Sorgen zu machen, denn du nimmst mich an die Hand. Erlöse mich davon Vergänglichem nachzujagen. Ich will die Gemeinschaft mit Dir und die Leichtigkeit und den Frieden des Heiligen Geistes.

Wer der Gerechtigkeit und Güte nachjagt, der findet Leben, Gerechtigkeit und Ehre.

Sprüche 21:21

Habe ich dir nicht geboten: Sei getrost und unverzagt? Lass dir nicht grauen und entsetze dich nicht; denn der Herr, dein Gott, ist mit dir in allem, was du tun wirst.

Josua 1:9

Lasst uns aber Gutes tun und nicht müde werden; denn zu seiner Zeit werden wir auch ernten, wenn wir nicht nachlassen.

Galater 6:9

Weiter, Brüder und Schwestern: Was wahrhaftig ist, was ehrbar, was gerecht, was rein, was liebenswert, was einen guten Ruf hat, sei es eine Tugend, sei es ein Lob – darauf seid bedacht!

Philipper 4:8

Kommt her zu mir, alle, die ihr mühselig und beladen seid; ich will euch erquicken.

Matthäus 11:28

Wer aber sich vertieft in das vollkommene Gesetz der Freiheit und dabei beharrt und ist nicht ein vergesslicher Hörer, sondern ein Täter, der wird selig sein in seinem Tun.

Jakobus 1:25

30. Brief

Lieber Vater,

immer wieder erkenne ich wie sehr ich Dich in meinem Leben brauche. Du bist meine Hoffnung und ohne Dich gibt es keinen Frieden in dieser Welt. Nichts währt ewiglich, aber Du bist der ewig lebendige Gott. Du bist meine Ruhe, mein Tröster und alles, was mein Herz und meine Seele begehren.

Ich empfange alles was ich brauche von Dir. Mein ganzes Leben soll ein Loblied sein und Deine unendliche Liebe widerspiegeln.

Ich liebe Dich, Dein Kind.

Denn der HERR, dein Gott, ist bei dir, ein starker Heiland.
Er wird sich über dich freuen und dir freundlich sein, er
wird dir vergeben in seiner Liebe
und wird über dich mit Jauchzen fröhlich sein.
Zefanja 3:17

Ihr werdet dort den HERRN, deinen Gott, suchen, und du
wirst ihn finden, so du ihn von ganzem Herzen und von
ganzer Seele suchen wirst.
5 Mose 4:29

Siehe, ich gehe heute dahin wie alle Welt; und ihr sollt wissen von ganzem Herzen und von ganzer Seele, dass nichts dahingefallen ist von all den guten Worten, die der HERR, euer Gott, euch zugesagt hat. Es ist alles gekommen und nichts dahingefallen.

Josua 23:14

Himmel und Erde werden vergehen; aber meine Worte werden nicht vergehen.

Matthäus 24:35

Lebenslauf

Nazanin Ansari Tari wurde im Jahre 1988 in Tehran geboren und ist das älteste von drei Kindern. Sie wanderte in den 90er Jahren mit ihren Eltern und ihrer jüngeren Schwester aus dem Iran aus. Ihr Bruder kam ein paar Jahre später in Österreich zur Welt. Bereits sehr früh - im Alter von 8 Jahren lernte sie durch Missionare das Christentum kennen und traf die Entscheidung Christin zu werden. Ihr Interesse anderen Flüchtlingen zu helfen, motivierte sie das Studium Rechtswissenschaften in Wien zu verfolgen und ebenso im Bereich Fremdenwesen aktiv zu werden. Neben ihrem Dienst in der Gemeinde, trägt das Theologiestudium zu ihrem geistlichen Wachstum bei. Die 29-jährige Tochter des Pastors Reza Ansari Tari wird im Mai 2018 in Wien heiraten, wo sie mit ihrem Ehemann leben und gemeinsam mit ihm und ihrer Familie den Gemeindedienst weiterführen wird.

Printed by Books on Demand GmbH, Norderstedt / Germany